小说家的诗

林建法／主编

空白

贾平凹／著

辽宁人民出版社

©贾平凹　2016

图书在版编目（CIP）数据

空白／贾平凹著. —沈阳：辽宁人民出版社，2017.6
（小说家的诗／林建法主编）
ISBN 978-7-205-08810-1

Ⅰ. ①空… Ⅱ. ①贾… Ⅲ. ①诗集－中国－当代
Ⅳ. ① I227

中国版本图书馆 CIP 数据核字（2016）第 302403 号

────────────────────────────

出版发行：辽宁人民出版社
　　　　　地址：沈阳市和平区十一纬路 25 号　邮编：110003
　　　　　电话：024-23284321（邮　购）　024-23284324（发行部）
　　　　　传真：024-23284191（发行部）　024-23284304（办公室）
　　　　　http://www.lnpph.com.cn
印　　刷：沈阳市精华印刷有限公司
幅面尺寸：140mm×230mm
印　张：9.75
字　数：69 千字
出版时间：2017 年 6 月第 1 版
印刷时间：2017 年 6 月第 1 次印刷
责任编辑：时祥选
装帧设计：丁末末
责任校对：耿　珺
书　　号：ISBN 978-7-205-08810-1

────────────────────────────

定　价：38.00 元

自题

天是什么?

空白。

目
录
↓

目录

问

↓
001

妈妈，你说树上的苹果红的那边是太阳晒的。

那胡萝卜在地里长着，为什么也是红的？

妈妈，你说公鸡叫了天就亮了。

那叫鸣的公鸡已经死了，为什么天也亮了？

妈妈，你说我不应该这样提问题，因为做妈妈的是不

　会错的。

那我也是不会错的了，因为我将来也是要做妈妈的呢。

1979 年秋

题 三 中 全 会 以 前

在中国

每一个人遇着

都在问：

"吃了？"

天 · 地

——静 夜 给 A

一

有多少水

你就有多少柔情

有多少云

我就有多少心绪

水升腾为云

云降落为水

咱们永远不能相会

二

天黑了

日子多寂寞

月亮是我们的眼

我看着你

你看着我

夜夜把相思的露珠淌着

三

爱使我们有了距离

距离使我们爱得永久

1983 年春

一 个 老 女 人 的 故 事

两个男人为了她动了刀子

一个被另一个捅死

另一个挨了公家的子弹

村里人都在挖布告上的红印

说是可以避邪

她也挖了一个

走到哪里人还是唾她："扫帚星！"

谁也不来娶她

夜里却有人摸到她的炕上

一更天的炕下有皮鞋、胶鞋、草鞋

鸡叫三遍了独独剩一双绣花的

队长用鞭子把她赶出村子

高地上从此有了一间小屋

黑夜小窗亮着

同辈人全死了

她还活着

坐在那一片墓地里

她是死者的墓碑

村子里人都年轻

常常为一颗鸡蛋翻脸：

"谁偷了羞谁的先人！"

他们羞的是她

墓地上有几只昏鸦

飞来了又飞去

她久久地看一群蚂蚁

为着一个死苍蝇厮杀

年轻时她曾是一个美人儿

像一只淌血的眼睛

她渐渐地老了

老得嘴里剩下一颗牙

她种了许多牡丹

悄悄地看着花开了花再谢去

同辈人都有了门楼、八仙桌、儿孙

她只有花

花根在地里结成了网

捶布石下也冒了一朵

秋天里远山修一条公路

年轻人都到工地去了

雨哗哗地下了三天三夜

天亮时河水淹没了村子

同辈人在水里挣扎

头上肩上手上全不丢包袱

包袱是他们血汗的储存

储存将他们淹死在水里

村子重新修造在高地

后辈人诅咒着那一场水灾

她常常想着同辈人

想到他们的好处

她还活着

活着和死了一样

死了的不再想到活着的人

她却看得清阳间和阴间

她讲起村子里的事
活人和死人混在一起：
“昨夜里你爹坐在这里和我拉话……”
死人的儿子听了也毛骨悚然

她真的阴差阳错了
神鬼和人物不能分开
总是把梦当现实来讲
弄不清是白日呢还是黑夜

后辈人全骂她老糊涂了
没有一个愿意和她说话
门前的花开得灼灼的
她丑陋地坐在里边

天天盼望着牡丹开

总奇怪花里有这么多颜色

花开了她又很懊丧

恨花儿释放了牡丹的天香

小屋矮矮的像一只蛤蟆

一颗星星木木地照着

她变得孤僻古怪

一大晌对着花独说独念

村里人忙着去挣钱

钱使人腰杆儿粗了

钱使人眼窝儿浅了

谁也看不到她

她开始把花移在路边

花根护住了路堰

她把花栽在山上

夜里风把香送到村里

花的好处见得多了

好处也就没有了

谁也说不准花的瓣数、颜色和节令

却清楚每一张纸币

这一年冬天很冷

石头像烙铁一样烫手

村里人总觉得他们贫乏

贫乏到一种自大

她已经病得很久

还要到远远的镇上去买花籽

雪塬上没有一声鸟叫

看上去雪白得发红

一包一包花籽揣在怀里

回来的路上走得越发艰难

觉得是梦吧

梦里人走路腿就拉不开

后来就倒在雪窝里

眼睛里有两颗寒冷的星星

她用手脚爬着往回走

雪地里犁开了一道沟

这个夜里好多人都在喝酒

喝醉了扬着钱骂孩子和婆娘

天亮时有人到村口挑水

路畔上隆起一个雪堆

雪堆里僵硬了她的尸体

雪全化了水

水又结了冰

她封在冰里是一具"化石"

她终于死了

死得如她活着一样

小屋的椽被人抽去搭了牛棚

四堵墙推倒是一个坟墓

第二年的夏天

河畔的羊角葱先绿了

塬上出现了奇观：

一道百花带一直开到村口

村里人怀疑这是她的阴魂

纷纷说是不祥之物

有人在她的坟上下了桃木楔

动手挖那些花丛

一位老中医路过村里

说这花根是丹皮

丹皮是贵重的药材

一斤可以卖许多钱

村人动手挖所有的牡丹

果然卖得好价

花被挖得一棵也没有了

村口的大路也坍了一半

谁也没有给她过周年

唢呐也懒得吹一吹

丹皮的钱花完了

才突然说："哦，咱那个先人……"

从此这个村成了专业村

专门种花卖丹皮

山坡上有了一片一片花地

地畔上栽了高高的界石

花长得很慢

慢得叫人眼里都出了血

有人开始向她祈祷

挖了坟上的土撒在花根

后来就有了传说：

她坟上的土可以使牡丹繁衍

于是人人都去坟上抓土

坟堆便被抓平了

过去了一年

又过去了一年

她死了好像又还活着

她真的属于阴间和阳间

她的坟年年被堆起来

堆起了年年再被抓平

发财的是村里每一个人

每一个人是她的墓碑

1985 年秋

太　白　山

——劝 × × 君

到太白山上赏雪

雪的颜色是红的

到太白山上看太阳

太阳能把你冻死

太白山站得太高了

就不长花草也不落飞鸟

太白山是神仙的地方

永远不冒出炊烟

宁愿到鬼窟里去

也不上太白山

1983 年冬

啊 ， 亚 克 利 兰

022
↓
023

雪地里

你穿一件红衫

天地也温暖

雪太白了

什么也看不见

光染了一片

我怀疑

是我看得眼里出血

你才那么红吗？

但愿你是颗太阳

天天在雪线上分娩

我就天天来看

看你

你的瞳仁里就有我

一个小人儿的底版

你这块红布

我已经是头斗牛

实在忍受不堪

只要你说：冻死去！

我就做一块冰

死了把透明心敞袒

你即使骂我是苍蝇

苍蝇就苍蝇吧

讨厌却勇敢

或许你是在悄悄幽会

等待着另一个人

根本与我无缘？

或许你那一笑

并不是为我

是高兴了我身后的雪杉

但我已经够了

眼睛湿润

心也圆满

被别人爱是幸福的

爱别人也幸福

而且这幸福更长远

请允许我叫你亚克利兰

这名字有外民族的味儿

遥远而浪漫

啊，亚克利兰

亚克利兰

亚——克——利——兰!

1985 年春

送 友 人 李 × ×
出 任 周 至 县

当你感觉到身体的某一部分存在的时候

这一部分就病了

当你一个人在山谷里行走唱起歌子的时候

心里就惶恐透了

当你知道了一个熟人的好处的时候

他一定是死了

生病的人不痛苦最痛苦的是病人的亲属

有知的人最有畏无畏的人什么也不用知道

伟大的作品不是写作时就感到了伟大

百米赛跑的不是百米而是一步之遥

到田野去，到田野去

看炊烟在疯长

看北风在迅跑

种下核桃树结不了酸枣

种下酸枣树结不了核桃

种麦子去啊

来年收获麦子

当然也收获麦草

1984 年夏

无 题 （ 之 一 ）

030
↓
031

云在山岭

我登上山岭

云却离我更远了一座山岭

月在水面

我拨开水面

月却离我更深了一层意境

熙熙的夜市上

过来的是一群姑娘

过去的是一群姑娘

哪一个是你的身影？

春风里是一口口你的亲吻

空气里是一缕缕你的温情

我盯着天上的星星

第一遍数清的是三百五十颗

第二遍数清的是四百整

一遍与一遍不同……

高塬上的一只斑鸠

告别着一株垂柳

你站在高塬

送着我走

千万条头发乱了

织着你的忧愁

你送着我走

腰已经弯扭

一个 S 形的模样

怎能不让我徘徊啁啾?

我是失散的孤鸟

是你把我收留

那小小的一个窠儿

养息了我的春秋

我疲劳得皱了一身羽毛

你把月夜夜揽在怀里让我理梳

我的心似高塬一样干涸

你把天下的绿集中在枝头

每一片叶子

是你脉脉的眼睛

垂长的秀枝

把我的歌声撩逗

你送着我走

却总是这般忧愁?

我再也不会折了翅膀

因为我已经成熟

我要去云天歌唱

请你把明月看守

镜子里永远有一株高塬垂柳

垂柳上年年会飞来一只斑鸠

1982 年 5 月 21 日

北 上 （ 之 一 ）

036
↓
037

爱人在家里，

我出门向北远行；

把心留下，

背着她的叮咛。

走得越远，

觉得离她越近。

越是想她，

越记不清她的面容。

北方的夜很冷，

月亮是她的眼睛。

一只大雁从目前飞过，

那是瞳仁中我的身影。

起风了，

满山的叶子都在激动；

收下几片她的书信，

默默记下这早起的黎明。

背着她的叮咛，

我一直向北远行。

我知道只有向前走，

才能与她重逢。

1981 年秋

北　上　（　之　二　）

离开妻子

我穿过沙漠北上

一片空白

没有绿的迹象

月亮冷冷地照着

沙海再不落涨

因为你不在吗

一切都僵死了一样

背着一把琴

我不知怎么歌唱

乐谱上没有一个音符了

线条起伏着是无数的沙梁

呵，今夜儿你怎么入睡

月光已经爬上你的门窗

那个海子是你梦幻中的镜子

我轻轻走近去将你观望

天上星星你陪坐的灯光

沙漠的风一声声这么嚣响

赶明日我燃起一柱端端的炊烟

那是你窗前的一株入天的白杨

你不要孤单呵，也不要忧伤

你的忧伤会添我无限彷徨

你应该自豪，为我祈祷：

我的丈夫正穿过沙漠北上

致陕北黄土高原

看见你，陕北黄土高原！

我想起了我弯了腰的老父和我瘪了嘴的老母！

你太疲劳了，浑身是生活艰辛的痕迹，

弯弯曲曲的纵横交错的大的川壑和小的沟谷，

全是被雨水冲刷下来的！

虽然你一直还在缺着水，满山峁可怜地仅长着的油桐，

枝条像手掌一样向天空求呼。

你把坚强勇敢给了陕北的汉子，把精灵秀气给了陕北

　的女子。

所以你没有峻峭峥嵘的悬岩、峡石，没有白杨、垂柳

和花红叶绿的桃杏，一个赤裸裸的形象！

脚下是飞扬的黄土，头上是开垦了的黄土，裂开的沟壑，

内脏里也只是黄土、黄土、黄土！

瘀血在你的体内，变成了一块块黑色的炭，大小河沟

里流淌的

不是水了，是你的汗，又咸又涩又苦。

陕北的黄土高原啊，我弯了腰的老父和瘪了嘴的老母！

你贡献得太多了，你卧下了，静静地喘息，默默地思索，

让头上飘起白云，让小路在身上织出记忆中的直和弧。

但并没有死去！也没有糊涂！留给自己的是一张多皱

纹的脸和

一颗成熟的头脑，再也不被浮华迷惑，再也不被风向

左右。

高高站在中国的北方，注视着自己的河流奔涌到海的

入口。

1981 年 9 月 1 日

致 关 中 平 原

从潼关到宝鸡八百里秦川八百里通途

黄河并没有在这里拉下深谷而使黄土越积越厚

十三座帝王坟陵是十三颗固定地层的铁铆吗

一轮太阳一轮月亮交织着白天和黑夜来往反复

于是老牛木犁疙瘩绳犁开任何地方的任何一寸湿土

都会翻出石斧、青铜器、秦砖汉瓦和唐代的残碑宋朝的丝绸

于是网络状的大道小路上驶过的牛车上载着婚嫁的新娘

或下葬的棺柩

唢呐扩大了口把人生的喜怒悲乐用秦腔大喊大吼

于是朝朝暮暮地气蒸腾蔚为壮观如龙如虎如雾如露

于是苜蓿花遍地紫红冲天而起的是一簇簇杨槐榆柳

关中平原关中平原中华最中心的厚土啊

地下的宝藏是向全世界展出了最丰饶的橱窗

我们是高高站足着我们一代一代先祖的头颅

关中平原有着世上最辣的辣子最高亢的秦腔最浓烈的西凤酒

但这一切却使我们趋于沉迷归于稳静和保守

关中平原有足够的面积可以使每一家一户将房子院落建筑

但这一切却使我们感到空旷恐惧将身心困在有限的一隅

博物馆里展出的昭陵六骏形象是志在千里的远征的等候

而现在则津津乐道的是犁沟畔的秦川牛肥大笨拙负重忍辱

关中平原关中平原关中平原关中平原

现在是需要无数的大雁塔小雁塔林立起雄性的崇拜

现在是需要遍地牡丹、月季、玫瑰展现生殖系统

把顽强的生命传授

新复修完整的西安古城墙应该是全世界的堡垒

地下地上的威武应该是全人类历史奇迹的纪录

到那时太阳旋转在华山巅上是一个惊骇的叹号

上弦月和下弦月组成一个括号在天幕上演算这时空的度数

万里黄河已经在这里聚起了天下唯一的摄魂夺魄的壶口

它在容纳它在喷吐它在酝酿它在等候它在呐喊它在乞求

黄河——我的父亲！关中平原——我的母亲的灶头！

快给我骨骼快给我血肉快给我生命快给我成熟

关中平原关中平原我中华民族的黄天厚土啊

1986 年 1 月

洛 阳 龙 门 佛 窟 杂 感

人用一双手凿刻

顽石变成了佛尊

大到几十丈

小到二三寸

人每天都来

给佛烧香拜礼

烧香者给烧香者烧香

拜礼者给拜礼者拜礼

佛是人

人管人

对死亡的崇拜

这就是龙门

之　二

　　佛窟中有一"火烧洞"，佛尊无头首，
民间传说是天雷所击。

佛是无量的

佛也犯罪

天雷把头首击毁

一个残缺的佛身

佛的罪行是什么

这或许是一场人为

善恶依附

好坏均匀

这就是佛界

这就是社会

之　三

看佛的看看佛的

被看的看看的

佛的眼睛也不闭合

看着看着的眼睛

各自都明白

相对便神秘

1986 年 3 月

分 手 给 × ×

054
↓
055

地没有一朵云舒展在天空

水便万斛流出汶漪而自生

草没有一颗星灿烂出光明

花便五颜六色一起在显容

鱼没有一根羽翩翩而临风

鳞便片片银光在激浪穿行

我没有一架琴可以弹出歌声

诗却在笔下奔涌翻腾

我不希望天上的月亮在满盈

我不希望神话一代一代传诵

我不希望田野里放起了风筝

我不希望夜里做着迷离的梦

我不希望荒原上去捉一只流萤

我不希望一盏灯还亮在三更

但愿我的诗不要把你打动

但愿我不要成为你的英雄

但愿喜剧从此在舞台上绝种

我不是疯子演员你不是傻子观众

1980 年春

告　别

——题　×　×　与　×　×

告别是子夜

子夜过去是明天

告别是酸

酸是过多的甜

告别了回过头来

回头就是岸

告别了再也不见面

友谊更长远

告别了就死去吧

死了才令人怀念

二 月

二月天

暖和和的春多好

菜花黄了

羊角葱绿了

蚯蚓慢慢拱出土

苍蝇也嗡嗡地叫

在阳坡里

我解开黑色的棉袄

看田野上浮动的热气

四肢发困

睡一会儿觉吧

脸上盖上圆圆的草帽

身子差不多死了

活着的是大脑

我听见了一只蜜蜂薄翼在颤

水塘里破裂了一个水泡

还有一棵小草

叭叭地扭动着纤细的腰

倏忽间到了一个地方

到处生长着一种花

绸子般的柔软

蓝莹莹的

衬得天、地、太阳也变了色调

我高兴得像风一样在其中欢跑

兰花的尽头是一座黑山

奇怪得像卧着一头牛

牛头处涌出一道瀑布

轻亮又如白纱在飘

一弓飞虹更是那样美妙

我突然觉得这地方曾经来过

一切似乎我全知道

但这是什么地方

我什么时候来过

无法回忆和解释

自己也为自己的想法可笑

一阵雷声把我惊醒

睁开眼帽子滑落在草里

身边站着我的小狗

"阿小！"我亲切叫着它

我的阿小在唤我回去

提醒我天要下雨了

阿小是我失恋的女友

那时我们都是翩翩的少男少女

和她在一起我就身心欢活

可我没有对她说："我将来娶你作老婆！"

我相信这意思她能感觉到

用不着把话明挑

但阿小却离我远远地去了

嫁给了一个白脸男人

又富有个头又高

陪着我的只有这只小狗

小狗从此就是我的阿小

阿小是我的幸福和苦恼

村里人老以我为笑料

议论纷纷说我曾与阿小如何结交

我真懊丧

我连阿小的手也没有拉过呀

虽然我会看手相

所有的姑娘手都接触了

为什么偏偏没有摸过阿小的手

这就是暴露了我的蹊跷

越是心爱的东西越是珍视

真是这样的吗

我的阿小

那么我就算有了一点点骄傲

雷声隆隆地从坡顶上滚过

一群蚂蚱在草丛里溅着

雷声是云层上什么车辆在奔跑

要接远处的阿小吗

还是一台石磨在转动

轧碎着我数年数月的烦恼

呵，春天的雨落下来了

沥沥淋淋地下了个饱

我翻坐在坡地上

却奇怪刚才我去过的地方

是在做梦了

还是刚才是真的现在才是梦觉

如果刚才那个地方是真实的

那我是什么时候曾经去过

如果现在是在梦觉

梦中的事我怎么又是完全经过

我问着小狗阿小

阿小浑身精湿不回答头也不摇

我终于明白

刚才的现在的都是真的

是现实那就是今生的经历

是梦境那就是前生的经历

两个经历便构成了我存在的内容

这一切我都需要

阿小走了

小狗也就是阿小

醒来的是睡着的梦

睡着了醒来就是梦

我仰着脸

在阳坡上微笑

我从阳坡上走掉了

走掉的还有我的小狗阿小

二月里地气是上升的

四肢发困

活跃的是大脑

是淅淅沥沥春雨里抽茎发叶开花的一片小草……

                                    1986 年春天

单　相　思

世界上最好的爱情

是单相思

没有痛苦

可以绝对勇敢

被别人爱着

你不知别人是谁

爱着别人

你知道你自己

拿一把钥匙

打开我的单元房间

1986 年春

鱼 化 石

在米脂县博物馆内，存放着一块有

四十五条鱼的化石。鱼悠然自乐各具神态……

四十五条鱼在一个石头里游动

它们是自由死的

死了

才保持了上千年的自由

石头陈列在博物馆

这就是一块历史

参观者经过了这里

想到了水

一只猫跑进来

想到了腥味

1976 年

我 的 父 亲

我的父亲

二十岁时是老师

六十岁了还是老师

他这个老师真老

记忆中他就梳个背头

脸上总不笑

冬夏穿着中山服

走路驼着腰

书本本，本本书

书本是他的嗜好

面片片，片片面

面片一天三顿离不了

他有三副眼镜

他就有四双眼

能看出作业本上每一个错字

也看透了每一个学生的心窍

学生有学生的标准

看他最高

什么事都要说一句：

"这是我老师的教导……"

但父亲除了教书

永远不会社交

就是去托人办事

拿着烟也不知道怎么递着好

"文革"中他受到批判

低着头听批判者的宣告

父亲却还作着更正：

"不念'逃之夭夭'念'夭夭'。"

甚至为纠正检讨上一个别字

连夜还去汇报

说：打倒可以打倒

知识上不能潦草

四十年里

他一直在教小学

第一堂课永远是："开学了！"

每天早上都说：同学们好！

教出的学生远在天涯海角

他却连山外也不知道

学生的地位越大

他的身份越小

四十二年前他有一个同学

这同学成绩最糟

但这同学打游击去了

现在是一位很大的领导

领导常常到学校来

来了就作报告

第一张纸上念了个"为人师——"

半天了揭到第二页才念出个"表"

开会父亲坐得最低

领导坐得最高

楼房住得最高的是父亲

住在低层的是领导

学生开展理想教育

有讲将来做工的做商的或者当一位教师

领导的孙子说:

我什么也不当,我当管你们的领导

父亲第一次哭了

说他责任没有尽到

连夜去访领导一家

领导的夫人却哈哈大笑

父亲回来对我大发脾气

连家里的猫也踢了一脚

从此他不准领导用小车接他的孙子

绝不允许任何学生迟到

为了提高学生的书法水平

他要求家长都写一份字稿

硬逼着领导也写了一幅

白纸上画着一个"○"和一个"√"号

父亲苦笑了

但毕竟调遣了这位领导

这位孙子从此不怕了爷爷

最怕老师

学生成材了

这就是父亲最大的骄傲

教了孩子的父亲再教父亲的儿子

方圆几十里的孩子父亲都教过

知识使他崇高

知识使他渺小

他的伟大是他谁也离不了

但谁也不觉得他的重要

1985 年冬

无　题　（　之　二　）

树叶子黄了

一片一片脱落

树下是一个少年

在叫卖着：

"饸饹————！"

"饸饹————！"

下了夜班的人路过

都停下看一看

说是抹布太脏

洗涮水灰浊

走了

还留一堆数落

"饸饹————！"

"饸饹————！"

呼不来的饥饿

呼不出的寂寞

火热情了又冷却

少年靠在树上

焦虑得到了解脱

笑了笑

捡一片地上的叶子

叶子上写着秋色

1986 年

老　人

084
↓
085

黑黑的房子里

一盆炭火

整个冬夜在守着

睡着好像醒了

醒了眼睛却在闭合

光照亮着前半身

像刷了金粉的泥模

后半身照在墙上

样子像是妖魔

炭撬起来

炭又拨乱去

就这么工作

无言并不是寂寞

回忆是一种思索

冬夜里火是个伴

伴他一冬的是火

1985 年冬

初　恋

你像蛇一样

眼里有着毒气

我就是青蛙

一遇到你的眼睛就走不动了

是惊吓是惶恐是迷惑是糊涂

我也说不清这是为什么

不由自主地发软发酥

我知道向你走去你会毒死我的

我还是趋你的目光走去

心里还要说

我要死了

我美死了

当我一个人待在房里

我就轻叫着你的名字

叫得声都变了形

这叫声世界上谁也不会知道

却总是想

你那阵是不是就打一个惊怵儿？

我听说人体有一种心电感应

惊怵儿打得多了

你会不会有关于我的记忆？

夜里也常常梦见你

梦醒来我就发迷发痴

这梦境是我前世的历史呢

还是下一世生活发出的暗示？

第二天我再不去见你

做什么事也都灰心懒意

见了你我总说："路过这里……"

似乎一切都是无目无的

问一句："你昨晚有什么兆征吗？"

你摇摇头

我脸就红了

心里却对你的话表示怀疑

偶尔间我会听见你的声音

每一个字音都听得清清楚楚

但离开你你的面容就模糊迷离

我曾检点过我是不是真心爱你

却至今你的肖像我默画不出

只记得你的鼻子又小又直

耳垂下有一颗小痣

却说不准痣的深浅色泽

走到任何地方忘不了的是你的一双脚

它立于台阶边桌布下草甸里

你是有一双红布鞋的

你也是有一双白凉鞋的

鞋面早晚都那么干净

我一见你就羞下头看到这一切

你就是任何时候悄悄来到我的跟前

我立即就知道谁站在我的身后

不用眼睛不用耳朵也不用鼻子

我相信我的感觉

当别人围着你说话的时候

我装着傻傻的就呆在一个角落

我忌恨死了这些男人

但你却笑容满面地同他们说话

我就心里骂起你糊涂

据说你们女人喜欢人都爱着你们

但我可以说

这些人爱你全是为了尽快扒掉你的衣裤

女人的善心是天地间的大美

善心却常常使女人坠入苦渊深处

我多么盼望这一会儿来一场地震

那你就会看见

跑掉的是那些涎脸的男人

站在你身边的是我

三年五年了

我一直悄悄爱你

可我不敢说

每一次见你前我就下定决心

见了面却没了自信

我盼望着我们在一起

在一起了我却一句话也说不出

要说的全是社会新闻

那一次竟问道："你见过老虎吗……"

我怕我当面说破了

你会不会同意？

不同意从此骂我卑鄙

那我将失去你永久的情谊

写信吧我可以写出美丽的言辞

写好了却总是不敢寄去

你是不是也有这般灵犀

总是怨我没有男子汉的勇气？

这些我全不知道啊

我只是思前想后犹犹豫豫

我企望有一日你给我个明确表示

那我立即会比你一百倍地表明心迹

或许你从来没有那个心思

那我就永远保守心中的秘密

即就是你做了他人的妻子有了儿女

从少妇到中年再到老年

我永远爱着你直至死去

我自信我能爱你这是一种缘分

单相思这是我活人的权利

这种爱或许别人会说是虚妄痛苦

但我的死是爱死的

这一生里就有大乐大趣

我自己体会得最深刻幽睿

1985 年 12 月 24 日

深 山 见 闻

山崖上开一丛桃花

红得热热闹闹

所有的男人经过崖下

就想着桃

桃肉被男人们吃了

桃核就作了口哨

天天在一家门前吹

吹得那家女子害了痨

过 马 嵬 坡 杨 玉 环 墓

致 E 信

一个胖女子

被勒死在马嵬

荒野中一座土坟

隆起了所有帝王的羞愧

从此牡丹再不开在宫闱

有牡丹的地方就有荆棘护围

野　游

麝是獐的肚脐眼

香气传着爱之信物

花是草的生殖器

蜜蜂作着情之结合

寺是世的幽静处

钟声熨着生之平和

野游到深山

石头里藏了寂寞

锁

城市里人最多

102
↓
103

多一百个人也不见多

家家门上都有锁

锁了君子

深山里人最少

少一个人就分外少

门都是树枝编的

闩门的是一个竹棍

深山里没有铁锁

城市里没有秤锤

希　望

把杆杖插在土里

104
↓
105

希望开出红花

把石子丢在水里

希望长条尾巴

把纸放在枕头下

希望梦印成图画

把邮票贴在心上

希望寄给远方的她

七 月 十 二 日 过 榆 林 沙 漠

太阳的火在西边灭了

天上是一片灰白

地上也是一片灰白

仇恨留给了这里

一切生物都长出了尖刺

枯黑的篱笆插一个圆圈

"浮丘"是一副默默的棺具

死去的人永远死去了

活着的人是一株精瘦的沙柳树

树枝长出一尺

树根就长出三尺

沙丘上立着一个牧羊人

长长地吹起了羌笛

                        1985 年秋

广 岛 的 老 鼠

——并 非 攻 击 人 的 一 则

寓 言

一

一场灾难

广岛上的老鼠

差不多全死了

留下来的

没有几只

从此成了精

二

地球是活人的地方

也活老鼠

人会写历史

老鼠就是丑恶

于是有猫

异化了的老虎

为着谄媚人

对老鼠大开杀戒

猫和老鼠

在斗着

猫嫌老鼠多吃了粮食

猫就把老鼠吃了

善和恶该怎么说？

平均分配着存在

这就是生活

三

一颗原子弹

人死了

猫死了

老鼠也死了

一切都没有

一切安静

几个人从死亡里又爬出来

几只猫也爬出来了

还有几只老鼠

也活了下来

大难中

谁碰着了谁

都是同情

从此人知道怎么活着

废墟上重新盖了大楼

楼上的猫再不吃老鼠了

只作人的玩物

世界上有了谚语：

人吃七分粮

鼠吃粮三分

人活着

老鼠也就活着

一切该活的

都活

四

老鼠还叫老鼠

这是人给起的名

有一日老鼠比人生养得多了

人或许还要使用猫

广岛上的老鼠

毕竟又是成精了

1986 年 3 月

我 的 眼 睛

有 了 特 异 功 能

我生了一场大病

病好后却产生了特异功能

我能透过衣服看见人的肉体

我能透过肉体看见人的心肺肝肾

这功能使我异常兴奋

我可以比任何中医西医高明

我可以比任何仪器都能诊断疾病

人们那时多么欢呼我呀

说我是华佗再生

我也自感到我活着的重用

我得意地在大街上走

我希望为所有人解除苦痛

对那些熟悉的陌生的

我看见的再不是笑笑的面容

我看见的再不是窈窕的体形

我看见的再不是漂亮衣服项链戒指眼镜

看见的人都不健康

不是坏了这个部位就是那个部位

看见的全不是人

是一群骨骼来去匆匆

我相信我的一片真诚

我相信我眼睛的功能

但我对着所有人指出他们的毛病

说得多了他们却说我犯了神经

外边的人讥嘲我

连我的父母妻子儿女也对我疑心重重

他们照样无动于衷

生活得更心安理得更大方雍容

我倒成为一个小丑了

说这说那是饭碗中的蛆虫

我再在大街上走

我就再不敢睁着眼睛

夜里睡觉也尽做着噩梦

我从此再也不敢出门

与家人也分居了单身独影

可我毕竟还是人呀

我只有在人与人之中才能存生

我竭力想交结三朋四友

但人们一见我就避

骂我是疯了成心捣乱人生

我的门窗被人贴上了咒符

我的房子四周也被插上了桃木楔梗

当我再一次在大街上出现

立即所有的人在喊：

　"让他永远不要看见我们

挖掉他的眼睛！

挖掉他的眼睛！"

1986 年 1 月

后

记

我更多的是写小说和散文，最倾心的却是诗；并不故作多情，我读诗的时候，确实身心极易处于激动。但是，诗如火一样耀眼而令我难以接近，时时虽在写，却不敢公开于世，全是为某位朋友所写，为某宗事所写，为某处山水所写，情得导泻了也便心灵平衡安妥罢了。我只是傻想：中国人感知和把握世界是整体论的意识，诗则贯通其中，是有意而无形的；今生即就是做不了诗人，心中却不能不充盈诗意，活着需要空气，就更需要诗啊！

偶尔受人怂恿，拿出一两首发表了，我可敬可亲的诗人们多给以鼓励，甚至又逼我整理诗稿编一个集子。天呀，这多么让我兴奋和惶恐！但一边整理，一边老产生疑惑：这是诗吗？这像诗吗？朋友说："你觉得像诗的时候，那才真不是诗了；诗是心之曲，能看见你的心就是了。"真是这样吗？可以吗？！

那么，说明一下，这个集子的诗最早写于1976年，截止于1986年春，总共九年。所选的诗，其中有抒情的，有叙事的，除个别篇章外，全属为具体人、事所写。在此番收集整理中，恕我更换了一些题目，而出现有人名时又以 ×× 代替了，我想读者是不会骂我这样做不高雅的，当事的人也不会怨我太唐突吧！

编这本诗集，我最要感激的是老诗人邹荻帆先生，是他给了我这种勇气；我只是说，我现在还不是诗人，但我从今往后，力争去成为一个诗人。

一个哲人说过：收获麦子的时候同时收获到了麦草，收获到麦草并不否定去种麦子。我是拿了板斧到鲁班门前来舞的十足的无知无畏的小子。但既然诗人们在山林中挖出了我这个小坑，祈愿这个小坑沁出一泓泉水来，也能在风清夜静之时，反映出天上的那一柄弯月和两颗三颗大而亮的星子。

1986年春

附

录

在 空 白 的 尽 头 或 背 后
——贾 平 凹 《 空 白 》 阅 读 散 记

张清华

1

　　"采采卷耳，不盈顷筐。嗟我怀人，置彼周行……"
三千年前的山野间站着一位劳作中的少妇，因为思念
她去往北地的男人，有些心不在焉，有点失魂落魄，
有一搭没一搭地动作着。这是《周南·卷耳》中的诗句。
此周南，大抵即是指周地之南或以南的地界，当然也
包含了今日的陕南至江汉流域诸地。这歌谣因了某种
"异域情调"，遂有了几分"浪漫"的气质。夫子在
编纂《诗经》十五国风的时候，将之置顶，或许也是
出于这样的趣味或考虑。

显然，夫子也喜爱浪漫的风格气质，虽然他不喜过于"饱和"式的表述——所谓"恶郑声""郑声淫"也。这个"淫"，自来不是淫荡之淫，而是过犹不及也，所以他说君子"好色而不淫"。《关雎》作为首篇，讲的即是从单相思，到执着求爱，再到敲锣打鼓迎娶新人的完整的爱情故事，风格缠绵而又直露。不管后代的宿儒怎样牵强附会，将其过度解释为什么"后妃之德"之类，可在夫子那里，则只可用三个字概括，曰，"思无邪"。自然，这些都是题外话，但溯源一下也是有用的，它会让我们隐约意识到，这周南之地，自古就有温婉而浪漫的民风，多情又率真的传统。

这大抵可以成为我们理解贾平凹、感知其文学风格与地域美学的一个背景。那些古商州的形形色色，那些传之久远的古老习俗，那些兼具南北地气的风物地理，还有他那既饶且丰、既朴拙沉实又华美纤细的个人风格，都可以找到一个遥远的回声。这不是生拉硬扯，有此神情酷似的诗句为证——

背着一把琴

我不知怎么歌唱

乐谱上没有一个音符了

线条起伏着是无数的沙梁……

这是他写于 1980 年代之初的一首《北上（之二）》中的句子。与《卷耳》中的诗意是如此神似，只是吟咏者的性别置换了一下——由女换成了男，但表达的柔情与蜜意、思虑与忧伤却是酷似。"离开妻子，我穿过沙漠北上……""你不要孤单呵，也不要忧伤，你的忧伤会添我无限彷徨……"主人公离乡远行，心中思念着妻子，步履蹰蹰。与三千年前那位周南的少妇思念她北行的丈夫而心意缭乱、不思劳作，真是何其相似：

陟彼崔嵬，我马虺隤。

我姑酌彼金罍，维以不永怀。

陟彼高冈，我马玄黄。

我姑酌彼兕觥，维以不永伤……

不由我不生出这番拐弯抹角的联想。

2

从地图上看，平凹的出生之地，秦岭之南的商洛一带，就在《周南》和《召南》的诞生与流传之地中。今春三月，我有机会到商洛参加一个活动，随朋友一起顺道造访了这片传说中的土地。从长安驱车越秦岭，所见莽莽苍苍，皆为高山大野，山林间又值迎春怒放，桃花灿烂，一路上几个人除了感慨叹息，只瞠目无言。仿佛穿越千年梦回大唐，与王孟与李杜同游故国。车子在丹凤境内下了高速，拐了几个弯，便来到遐迩闻名的棣花镇。这棣花镇的"棣花"，也让人不由想到《召南》中的《何彼襛矣》，还有《小雅》中的《鹿鸣之什》，两篇都以棣花起始，前者感叹"何彼襛矣，唐棣之华"，后者咏唱"棠棣之华，鄂不韡韡"，语句如出一辙，都是在感叹棣花之美艳和繁盛。料想这棣花镇的名字，也必有此一番来历。或许三千年前那个少见多怪的人路经此地，也会与我们一样目瞪口呆，只是他在一番叹息之后，脱口而出留下了这诗句。

我们却没有看到诗中所述那古意浓郁的棠棣。或许是花期未到，或是早已开败了也未可知，但见粉色的桃花，鹅黄的迎春，如梦的柳烟，也让我们不由又一番大呼小叫。这村落哪似一般的山野乡下，分明是前世的梦中之地，藏于秦岭和大巴山深处的桃花源。又恰似一座南国小镇，历经千年的劫后遗存。这地方的古老与奇异，庄严与精巧，可谓将周南的古朴与楚汉的流韵融于一体了。虽是历经重建与修葺，多了些今人的点缀与装饰，但那葱绿的笔架山，村前碧澈的溪水，硕大的二郎神庙，不远处虽已残损却还气势巍峨的魁星楼……都印证着地灵与物华的种种说法。

说这些当然不是为了神化接下来要说的这个人，神化他的诗，而是要给读到的这些诗找一找地气，寻一寻根脉。我确信，这便是《周南》和《召南》的流传之地了，它们的意境和风神是如此契合：

我要去云天歌唱

请你把明月看守

镜子里永远有一株高塬垂柳

垂柳上年年会飞来一只斑鸠

他很自然地便吟出了这些诗句，画出了这些禽鸟与明月，自然景致与人间风情的互相交汇。这些诗与百年来的"新诗"之间的距离，与古老的《周南》《召南》之间的距离，到底哪一个更近呢？我一时真的难以说清。

　　葛之覃兮，施于中谷，维叶萋萋。

　　黄鸟于飞，集于灌木，其鸣喈喈。

　　这是《周南》的另一首《葛覃》中的句子，前面的是平凹的《高塬上的一只斑鸠告别着一株垂柳》中的片段。它们之间看上去是如此暗通款曲和眉目传情，但我又并不认为他在写这诗的时候，是在有意仿造一种古意，而是出于这里地理的天然，是老实地遵守了他自己的日常经验，而并无鹦鹉学舌的做作，和移花接木式的现代转译。

　　这产生了一个新诗诞生以来我们会经常面对，却几乎从未令人信服地回答过的问题："新诗"之"新"，到底谓之何意？除了形式上的破，在诗意上也与传统彻底断线了吗？或者说，那些古老的诗意在今天还会有生命力吗？它们是否还能以新的形式再度获得呈现？假如不存在一个断线的事实的话，那么它们之间竟又是一种怎样的内在联系？

南风浩荡，没有一个言之凿凿的答案。我知道，或许平凹的诗是一个实例，他在某些方面确乎显示了一种古老的神合，一种合理的、看起来比"新诗"更"旧"的特性，但我也知道，他或许又是一个特例，别人很难照此复制。现代诗意的常态会是趋于混合与复杂、晦暗与无解的状态，而不太会是"思无邪"式的单纯。但那些古老的命题，自古而然的生命境地，那些万古难移的人性经验，难道就没有一丝存在之地了吗？它们是否会乘着这夜风入梦，变成这般纸上的句子？

3

这本《空白》中收入了贾平凹1976至1986年九年中的总共31首诗。我不知道他为何会给这本诗集取名"空白"，也说不清他又为何在此后又一举搁笔三十年。总之在整整三十年之后再读这些诗，真的会有一种沧海桑田、往来古今的感觉，与当年的阅读感受是决然不同的。

我大致把这些诗分为这样几类：数量最多的"赠答诗"——说平凹的诗更像古人，这也是一个原因——约占总数的一半，细读可知其中多数为表达爱情的篇章。第二类是叙事意味很强的诗，如《一个老女人的故事》《二月》《我的父亲》《初恋》等，数量不多但分量很重，且因向度不一而显得尤为丰富。第三类是"感怀"之类，亦如古人，或咏物述志，或感慨世道人心，数量少但质量高，且多有或诙谐或幽暗的现代意味。它们表明作者彼时并非仅是出于"玩票"的冲动而写，而是相当专业的状态。最后还有一类，大约只有《致陕北黄土高原》和《致关中平原》两首，此两首分别写于1981年和1986年，刚好昭示着从80年代初的风俗文化自觉，到中期的"文化寻根热"的一个过程。

赠答是古人为诗最常见的形式，它独有的针对性和私密意味，会令人专注于其对话的具体性，但常常也会因其对于人性与人心的指涉、对情感的敏感回应而具有超乎个别的共通性。换言之，其具体性在流传中会变淡，而其情意本身和表达方式却会因共同性而上升至首要位置。平凹深知此理，所以出版时干脆去掉了原来题中的名姓，变成了《天·地——静夜给A》《太白山——劝××君》《北上（之一）》《北上（之二）》《无题（之一）》《送友人李××出任周至县》《分手给××》《告别——题××与××》等等，诸如此类，使它们由"具体的诗"变成了瓦雷里所推崇的那种"纯诗"。

依笔者之见，赠答诸篇中最好的还是表达爱情的部分。当然，评价诗人的爱情诗是危险的，须要小心地规避与生活中的"对证"。好在我对他那时的情感生活一无所知，于是便不存在诗之外的想象与无端猜度。不过看得出来，彼时他的情感经验是丰富的，表达也堪称大胆和率真。但有意思的是，他总是喜欢在两性关系中将自己置于一个"悲剧性角色"之中，借此而获得一种"升华"的美感。这无疑是正确的处理方式，悲剧性使它们获得了纯粹而感人的品质。诗中他常扮演一个无望地爱着、终将被抛弃的或是无果而终的"单相思"的角色，像《啊，亚克利兰》《单相思》《初恋》《二月》诸篇均是。尤其在具有叙事意味的《初恋》中，他更是堪称细腻地描写了其"求之不得，寤寐思服"的熬人和恼人的境地：

夜里也常常梦见你

梦醒来我就发迷发痴

这梦境是我前世的历史呢

还是下一世生活发出的暗示？

仅仅发问还不够，他要把这"辗转反侧"的情景也作一番精细的描摹："但离开你你的面容就模糊迷离／我曾检点过我是不是真心爱你？／却至今你的肖像我默画不出／只记得你的鼻子又小又直／耳垂下有一颗小痣／却说不准痣的深浅色泽……"确乎作者是出色的小说家，擅长细节与心理的揣度，虽略有些"铺陈其事而直言之"的味道，但这些心理描写的细腻和准确程度，却是一般诗人笔下所鲜见的。

《二月》一首也让人读之难忘，仿佛是在回忆年轻时代的一个春梦，一个黄粱美梦，读之让人怅然若失。二月春暖天气中，于田间劳作的年轻人倦中小憩，梦见了自童年起就暗恋的阿小，仿佛两情缱绻，又悄然分离。梦醒来时，不免无法释怀，将身边依偎的小狗亦唤作"阿小"，还一直沉浸在那美妙的回忆和玩味之中。春雷阵阵，春雨淅沥，年轻人怅然接受了现实，却无法自拔于那挥之难去的梦乡——

……雷声是云层上什么车辆在奔跑

要接远处的阿小吗

还是一台石磨在转动

轧碎着我数年数月的烦恼

或许这就是"空白"题意的来源之一？如苏东坡所说的"春梦无痕"，"东风未肯入东门，走马还寻去岁村。人似秋鸿来有信，事如春梦了无痕"。梦醒时分若是手中有封鸿雁的传书也还罢了，恼就恼在连一丝痕迹也寻它不得。所谓"何人把酒慰深幽，开自无聊落更愁"。平凹只是换了一种语言表达，而那神韵，却还是如千年前的旧时明月与昨日东风。

4

我如此设想平凹的作品与旧诗之间的关系，或许被看成是一种刻意的辩护，是出于"为贤者讳"——

因为平凹是小说界的大家,于是其诗也得"搭车"而行,不能不叫好。但事实上,像旧诗只是他的一个侧面,他还有很"新"很"现代"的一面。假如没有这一面,他的"旧"便成了单面的、让人怀疑的旧。

　　《空白》中我读到的最早一首,是标定写于1976年的《鱼化石》。假如这个时间是没有错讹的话,那么可以肯定,它比复出于"牛棚"的艾青在"归来"之后所发表的一首《鱼化石》还要早两年。艾青写《鱼化石》当然是一种自况,是用了他一贯擅长的象征手法,对自己沉默于冰封尘埋中二十余年、被剥夺了写作权利的境况的一个比拟;而平凹的《鱼化石》除了"咏物"之意,更平添了几分此时诗歌中鲜见的谐趣:"四十五条鱼在一个石头里游动 / 它们是自由死的 // 死了 / 才保持了上千年的自由 // 石头陈列在博物馆 / 这就是一块历史 // 参观者经过了这里 / 想到了水"——

　　一只猫跑进来

　　想到了腥味

　　这猫的"腥味",与艾青诗中的庄严和悲剧意味显然是不一样的。艾青《鱼化石》结尾呈现的是那个年代无法逾越的"升华"诉求——"凝视着一片化石，/傻瓜也得到教训：/离开了运动，/就没有生命。//活着就要斗争，/在斗争中前进，/当死亡没有来临，/把能量发挥干净。"虽然在前面的句子中它们有太多的相似，但这最后的结局却早已分道扬镳。

显然，就是这看起来一点点的诙谐和反讽，使平凹的诗歌在那时显得与众不同，即便不是以"专业"心态去写，他也有了更多偏离常规的可爱之处。

《野游》一首，是纯然表达"野趣"的诗，因为思绪的野马式散步或畅想的状态，这首诗在平凹诗歌总体持重而"老实"的风格中，显得不同寻常：

麝是獐的肚脐眼

香气传着爱之信物

花是草的生殖器

蜜蜂作着情之结合

"寺是世的幽静处 / 钟声熨着生之平和 / 野游到深山 / 石头里藏了寂寞"。真可谓是奇谈怪论和奇思异想、山野之趣与诙谐之趣的相互交叠，他信步踏去，跳荡开来，凭着思维的漫步跳跃，传递着无意识的联想，几乎暗合着弗洛伊德"文学是力比多的升华"的说法，或是可以看作"超现实主义"的实验文本了。便是谓之这个时代的先锋，大约也不为过。因为很显然，它与那个年代流行的朦胧诗趣味相比，似乎还要多了一点点"越界"的颠覆性。

同样的篇章还有《过马嵬坡杨玉环墓致 E 信》《广岛的老鼠——并非攻击人的一则寓言》等。尤其后者，应是对于现代人类困境与人性分裂的生动隐喻，以及绝妙讽刺。这首诗虽语言简练直白，个中寓意却堪称复杂。广岛上爆炸的原子弹在灭绝人类的同时，也几乎同时灭绝了猫和鼠害。这本身已是一种令人惊惧的灾难，但果真同归于尽也罢，事实却似乎没那么简单，人还是有一些活下来了，老鼠和猫也部分地活下来了，原来三者间的游戏，鼠猫两者的争斗也还在继续，并且还发生着某些微妙的变化。诗中没有单面和道德化地处理这种关系，而是将之放到了一个多角度的悖论关系中来加以审视："地球是活人的地方 / 也活老鼠 / 人会写历史 / 老鼠就是丑恶 // 于是有猫 / 异化了的老虎／为着谄媚人／对老鼠大开杀戒……"读者或许在这里都被弄糊涂了，作者究竟要说什么，在猫鼠争斗之间，他究竟站在哪一边？但这恰恰就是他要表达的一种现代的价值悖论：

善和恶该怎么说？

平均分配着存在

这就是生活

其实，猫鼠之间的对峙，何尝不是人类自身的斗争游戏。在现代的文明悖谬之中，这首诗给读者带来的启示，要远高于一种确定的道德判断。而这也正是平凹诗歌之直白中见深意、质朴中见复杂的原因所在。

5

还要谈一谈平凹的叙事功夫。作为小说家，叙事自然是看家的本事，但在诗歌中的叙事却非易事。不断有人谈到当代诗歌的"叙事性"问题，认为在1990年代它成为一个显在的诗学命题。但事实是，在更早的朦胧诗那里，叙事已成了一个显著特征，只是因为他们使用了一套特殊的编码——大量的象征意象，喜欢用第二人称"你"来处理，并且由于情境与语义的某种"定型"化的对位关系，诸如大海、船桅、黑夜、星星、灯、乌鸦、紫云英……它们几乎都已符号化了，所起到的叙述暗示或表达作用都已程式化，因此才不易被人们觉察。但实在说，1980年代初，叙事恰是诗歌中一个颇为流行的风尚，至少在北岛、舒婷、顾城的笔下都是十分突出的。

自然也是同样的原因，使得平凹的诗中出现了大量的叙事因素。《空白》中有几首篇幅很长的叙事诗，如前文提到的《一个老女人的故事》《我的父亲》等，其中《二月》《初恋》已作为爱情诗谈及，此处重点要谈的是前两篇，以及最末的一首《我的眼睛有了特异功能》等，这些作品在平凹的诗中有着特殊重要的意义，因为它们在很大程度上代表了他的写作风格，也显示了其写作的追求与分量。

《一个老女人的故事》称得上是一个篇幅很大的"中篇小说的诗歌版"，假如要在平凹的诗歌中找一篇代表作，笔者以为非此篇莫属，不只是因为它的长，更是因为它的感人与分量。它所叙述的一个女人的命运，可谓起伏跌宕感人至深。这个貌美如花的女子，年轻时为众多追逐者所围困，他们的争风吃醋最终闹出了人命，她却因此被视为祸水般的"扫帚星"。没人愿明媒正娶给她以名分，夜里却要争相来摸到她的炕上，享用她的身体和青春。慢慢的，等她老了，容颜衰败，村里的人便将她赶出了村庄，让她独自在山野间自生自灭。漫长的寂寞余生中，她种下的牡丹花开出了争奇斗艳的花朵，仿佛暮年的花神用尽最后力气的不屈绽放。人们一边遗忘和鄙夷着她那年老衰弱的躯体，一边又贪婪地享用着她浇灌出的花朵，直到她在一个暴风雪的冬夜，冻死在买花籽的路上。

后来就倒在雪窝里

眼睛里有两颗寒冷的星星

她用手脚爬着往回走

雪地里犁开了一道沟

这个夜里好多人都在喝酒

喝醉了扬着钱骂孩子和婆娘

天亮时有人到村口挑水

路畔上隆起一个雪堆

　　至此，平凹完全将这个故事诗化了。宛若一曲悲凉婉转的秦腔，在曲终人散之际，突然出现了一个高亢而悲怆的旋律，这不幸的女人变成了冰雪中的"一具化石"。可故事还未讲完，她死后，那破败的房屋也被人们拆散，"小屋的椽被人抽去搭了牛棚／四堵墙推倒是一个坟墓"，人间的冷酷在这里达到了极致。但诗人并不甘心以此作结，他要升华出一个以德报怨的神话，他的笔法显现了化腐朽为神奇的力量："第二年的夏天／河畔的羊角葱先绿了／塬上出现了奇观：／一道百花带一直开到村口"。人们开始由恐惧和忌惮转而迷信她的力量，开始挖她坟上的土，将其种出的牡丹花根作为中药材买卖，并因此发了财，终于连她的坟头也被挖平了……

　　她的坟年年被堆起来

　　堆起了年年再被抓平

　　发财的是村里每一个人

　　每一个人是她的墓碑

就这样，由美好的青春到红颜祸水，从男人的玩物到始乱终弃，从被弃若敝屣到趋之若鹜，从风雪中贫病而死到感动花神的灿烂绽放，从生前的备受侮辱到死后的造福一方……这首如歌如哭的诗，读之让人心潮激荡，悲愤难平，生发出撼人的道德力量。

　　另一首《我的父亲》，也以轻松浅易的笔法，刻画了作为乡村教师的父亲的形象，他的朴实和愚讷、卑微而执着，都给人留下了至深印象。哪怕是在"文革"中遭到批斗，他也不忘自己的身份和职责，去执拗地纠正他人的读音，不免令人忍俊不禁：

　　"文革"中他受到批判

　　低着头听批判者的宣告

　　父亲却还作着更正：

　　"不念'逃之天天'念'夭夭'。"

　　"甚至为纠正检讨上一个别字／连夜还去汇报／说：打倒可以打倒／知识上不能潦草……"

　　这个父亲可谓是世上最卑微而又最不平凡的教师，也因而是最可爱的父亲了。

与他小说的风格与作法相近，平凹的诗歌也是散淡的、平实的，但这散淡、平实中又充满着土地般的深厚与幽远、丰富和辽阔。不知为何，我读他的诗，耳边总响着他那质朴的乡音，仿佛他是用了方言将它们写出的。是这方言赋予了它们特有的声调与气息，专有的朴素与鲜活，独有的节奏与韵味。

这是很有意思的，《诗经》中的十五国风大约也是因为其方言的声调与气息的不同，才有了多样的风格与韵味。夫子之所以喜爱这"教材"，想必是考虑到了它丰富的"总体修辞"。也应了罗兰·巴特的话，诗人可以改造一种语言，正如莎士比亚、但丁和歌德对于他们民族的语言的改造一样。平凹的诗固然没有那么大的作用，但他至少可以让我们感受到他与《周南》《召南》那古老的音调与气息之间的贯通，感受到他与那片土地之间的诞生关系，感受到他对于他的乡音的固守与热爱。也可以说，他的乡音在这些诗中彰显了迷人的腔调，释放了恰如其分的表现力。

还有一点，是平凹诗中所包含的丰富的时代信息。

不只 1980 年代之初中国乡村与西部的世态人心，还有那个时期急剧变化的诗风，以及他与这诗风间既区分又共生的张力关系，在其中都有丰富的折射。显然，他的许多诗，特别是赠答诗中，显示着与朦胧诗之间的影响与共生关系。比如在《分手给××》中，便可以看出他对于那时趋于陌生化的修辞趣味的一种靠拢，以及对"北岛式"句式的致意："我不希望天上的月亮在满盈／我不希望神话一代一代传诵／／我不希望田野里放起了风筝／我不希望夜里做着迷离的梦……"

　　但愿我的诗不要把你打动

　　但愿我不要成为你的英雄

　　但愿喜剧从此在舞台上绝种

　　我不是疯子演员你不是傻子观众

明显地昭示着对于时代的反思之意。这足以表明，平凹的写作并不完全是山野民歌的遗响，也同样有时代风潮所激起的涟漪。只是在总体风格上，它们与土地之间，与这土地上久远的传统靠得更近些。

　　或许这也是他之所以给诗集取名"空白"的一个

深层原因？仿佛中国人喜欢的画中"留白"，或是老庄哲学中的"大音希声"与"大象无形"，他并不希望在他的文字中承载太多观念的东西，只是希求通过质朴去彰显丰富，通过浅显去抵达幽深，通过"无形"去传达"有意"——就如他自己在《后记》中所说，"中国人感知和把握世界是整体论的意识"，诗"贯通其中，是有意而无形的"。是的，或许"无形"就是最好的"有意"，"空白"即是对于"表达"的最好处置。

地没有一朵云舒展在天空

水便万斛流出汶渹而自生

草没有一颗星灿烂出光明

花便五颜六色一起在显容……

还是这首诗中的句子。它们是对于"空白"、对于平凹诗歌观念和艺术方式的一个最好诠释。正所谓山川无语，桃李不言，它们的美是自在的，无须大声地叫喊自证。这是存在的至理，也是艺术和诗歌的辩证法。

平凹确乎深谙此道。

2017 年 1 月 1 日深夜

北京清河居

张清华，1963 年 10 月生，山东博兴县人，文学博士。曾任教于山东师范大学，2005 年初调入北京师范大学，现为北京师范大学文学院教授、博士生导师、副院长，北京师范大学国际写作中心执行主任，北京师范大学当代文学创作与批评研究中心主任，中国当代文学研究会常务理事。长期从事中国当代文学研究与批评。曾获省部级社会科学成果一等奖、南京大学优秀博士论文奖、华语文学传媒大奖 2010 年度批评家奖、第二届当代中国批评家奖。2010 年被评为"北京师范大学最受本科生欢迎的十佳教师"。